KB272448

방랑시집

서성조 지음

방청 도서출판

방랑시집

서성조 지음

방랑의 길 위에서 피어날 한 권의 시집

표지를 보는 순간, 먼저 고요가 다가옵니다.

먹빛으로 번진 산맥과 여백의 공간,

그리고 등을 보인 채 걸어가는 한 인물 서성조.

고즈넉한 그 뒷모습이

오히려 많은 이야기를 건네주는 것 같소.

삿갓 쓰고 바랑을 맨 채 산을 향해 걸어가는

모습은 단순한 '방랑'이 아니라,

스스로를 찾아가는 구도의 여정처럼 느껴집니다.

번짐과 여백이 살아 있는 수묵의 산은

삶의 굴곡 같고, 인물의 묵직한 뒷모습은

오랜 시간을 견뎌온 서 시인의 내면을 닮았습니다.

화려하지 않기에 시집에서 말하는 많은 울림을 기대합니다.

충분한 여백은 이 시집이 앞으로 독자에게

남겨둘 사유의 자리처럼 보입니다.

서 시인,

방랑은 외로움이 아니라 자유이고,

길 위에 선다는 것은 70 중반의 나이에

아직 시가 살아 있다는 증거 아닐까 싶소.

오랜 시간 품어온 언어들이

이제 한 권의 책으로 세상에 나오는 이 순간,

지금은 길 위에 혼자 걷지만.

당신의 시를 읽는 독자들의 수많은 동행이

함께 걷게 되겠지요.

출간을 진심으로 축하드립니다.

그리고 앞으로의 방랑에도 늘 맑은 시심이

함께하길 응원합니다.

서 시인 참 놀랍습니다.

주옥같은 시가 이 표지의 이미지에 담겼으리라……

—신형민

차례

추천사

꿈꾸는 가을

고향의 끝없는 파란 하늘이
마냥 좋아 춤추는 가을이여
훨 훨 날아라 하늘 끝까지

깊은 호수 속에 어리는 하늘
꿈을 가득 싣고 노를 저어라
파란 가을 하늘이 내 집인걸

갈 곳이 어디 있는가?

당신들은 예수를 팔고
부처를 팔아 살 수 있고
헌금과 시주로 면죄부를 사고
야한 의상과 짙은 화장으로
예수, 부처를 현혹하는
특별한 재주라도 있지만,
나는 하나뿐인
이 몸을 팔아야만 한다

거리마다 호화 찬란한 교회
산속마다 거대한 부처의 모습에
주눅 들어 설 자리도 없는 나를
예수, 부처가 나 불쌍하다고
곱게 부를 일은 절대로 없으니,
때가 되면 뜬구름 되어
푸른 하늘 끝까지 훨 훨 날자

춤추는 갈대

지나온 봄, 여름을 한 잔 술로 가득 담아
깊은 하늘을 안주 삼아 다 마셔버리고
파란 허공 속에 춤추는 갈대여

가슴 속으로 파고드는 가을바람에
깊어만 가는 밤도 잊어버리고
추억으로 사무치는 가을의 갈대여

노고단 1

노고단 꼬불꼬불 꼬부랑 길은
우리네 할머니의 깊은 주름살
지리산 다람쥐 도망가듯 가버린 세월에
오늘도 가슴 열고 찾아온 발길에 호호

넓은 치마 드리우고 꽃 피워서
천년을 지켜온 우리네 할머니
언제나 말없이 다 맞이해주시는
내 고향에 정겨운 노고단 할머니

건너가야 하는 다리

나만 건너가야 하는 다리인가?
그 누구나 똑같이
한 번은 꼭 건너가는 다리인데
이 나이에도 바보처럼
나 혼자만 건너가는 다리처럼
너무 억울한 기분도 들고
때로는 치밀어오르는 울화
어리석은 삶에 쏟아지는 통한의 눈물
이것은 70 평생을 걸어왔어도
아직도 떨쳐버리지 못한 탐진치貪瞋痴로
속절없이 흘러내리는 뜨거운 눈물인가?
아니면,
중복 더위에 새까맣게 타서
구슬처럼 쏟아지는 회한의 땀인가?
나이 먹어서는 천하의 천덕꾸러기
죽어서는 아무짝에도 쓸모없는 송장인데

떠가는 구름

구름이 있을 때 아름다운 자연이듯
인간도 살아있을 때는 자연일 뿐이다

이 세상에 똑같은 구름이 없듯이
똑같은 사람이 없고

시시각각 변하는 구름이듯
인간의 삶도 세월 따라 변하고

바람 따라 가다가
흔적 없이 사라지는 구름이듯이
그 누구나 차별도 없이 다 놓고
그냥 떠나가는 인생이 아니었던가

찔레꽃

텅 빈 가슴을 가득 채우는
고향의 찔레꽃 향기는
해마다 잊지 않고 찾아와
죽은 귀신도 일으켜 세우는데
가버린 세월은 소식도 없네

못 잊을 찔레꽃 향기에
푸른 하늘의 은하수도
두근거리는 맘으로
오늘도 그대 찾아 헤매다
밤하늘에 잠이 든다

바위와 진달래

봄이 그렇게도 좋은지
바위에 뿌리 내리고
파고드는 봄바람에
피워내는 진달래

모진 삶 속에 서로 꼭 껴안고
찾아오시는 그대를 위해
나눔의 사랑으로 꽃망울 맺어
붉게 타는 영취산의 진달래

영취산의 진달래 1

고향의 돌담길 따라오는 봄
걸음걸음에 맺히는 꽃망울은
예쁜 눈빛으로 기지개 켜고
봄바람 손잡고 오는 진달래

먼 길에
텅 빈 가슴으로 오는
그대를 위해
불타는 영취산의 진달래여

영취산의 진달래 2

잊지 않고 먼 길 찾아온
그대가 그렇게도 좋은지
치마 속 엉덩이 흔들며
영취산에 피는 진달래꽃

속삭여주는 봄바람으로
빨갛게 불태우는 진달래꽃
속 타는 흥국사의 스님들만
하얗게 지새우는 긴 밤이여

영취산의 진달래 3

흥국사의 깊은 종소리에
피는 진달래인가?
속삭여주는 봄바람이 좋아
붉게 타는 진달래인가?
아니면,
먼 길 찾아온 임이 좋아
흐드러지게 피는 진달래인가?

진달래의 뜨거운 속삭임에
가는 세월도 잊는다

흥국사 돌탑 쌓은 맘으로
밤새워 피워낸 진달래!

오늘도, 행여 그대 오실까?
설레는 가슴으로
기다리는 영취산의 진달래

나그네 1

불타오르는 태양을
작은 등에 가득 지고
구슬 같은 땀을 닦는다

짙어지는 산그늘보다
무거운 나그네의 발길은
언제나 지평선 넘어간다

달빛에 어리는 얼굴에
고향 하늘을 베개 삼아
오늘도 이렇게 잠에 든다

꿈꾸는 봄 1

태양이 내민 손
아장아장 아기 걸음마로
밤새워 찾아오는 봄아
어서 오라, 이 마음까지

겨우내 메마른 가슴은
춘풍에 녹아 맺히는 꽃망울
설레는 맘으로 꿈꾸며
열정으로 피는 봄의 네 박자

꿈꾸는 봄 2

가지마다 고사리손으로
봄의 꿈을 꼭 움켜쥐고
아장아장 아기 걸음마로
밤새워 찾아오는 봄이여

열여섯 살의 꽃망울은
뭐가 그리도 부끄러운지
얼굴만 겨우 내미는 봄은
그냥 나를 죽여줍니다

유혹의 낙엽

쌀쌀한 가을바람에
마지막 끈마저 놓고
허공 속을 맴돌다가
추억으로 쌓여만 가는 낙엽

더위에 뜬구름 쫓던 잎들도
이제는 모든 걸 내려놓고서
울긋불긋 예쁜 옷 차려입고
긴 여행을 함께 가자 하는데

황소바람에

몸속 구석구석으로
파고드는 황소바람에
뼈마디가 떨어져 나가는
용대리의 동태가 된다

현관 틈새를 헤집고 드는
황소바람은 동지섣달에
밤새워 울부짖은 소리로
동치미는 깊게 익어만 간다

찾아오는 눈

붉게 태우는 쓰린 맘을
함께하자며 품어주는
하얀 눈송이의 정에
떼지 못하는 발걸음

예쁜 낙엽의 유혹에
찾아오는 하얀 눈은
달콤한 사랑에 빠져
가는 세월도 잊는다

첫눈 내리는 날

앙상한 가지로 남아
하얀 솜이불을 덮고
깊은 잠에 빠져들어
봄을 꿈꾸는 그대여

탐진치로 아우성치며
하늘을 가릴 듯이 울창했던 잎도
세월에 훨훨 다 날려버리고
휘날리는 첫눈을 품어주니
동심의 눈길이 너무 좋아라

불타는 만추 1

그대의 뜨거운 사랑처럼
불타는 만추의 속삭임

마지막 길에 서서
미련 없이 불태운다

파란 가을 하늘에
한 폭의 수채화

매미 소리

매미들의 하모니에
깊어만 가는 여름

매미들의 춘향가에
그래도 시원했던
고향의 정자나무 아래

구슬 같은 땀방울

불가마 삼복더위에도
이놈도 살아보겠다고
손이 닿지 않는 곳에
착 달라붙어서
살금살금 등을 타고
열심히 내려간다

놀란 두꺼비처럼
배를 잔뜩 부풀려서
제 몸뚱이도 못 이겨
힘겹게 겨우 내려간다

이놈들도
눈치는 9단이 되어
맞아 죽기는 싫어서
데굴데굴 등을 타고
줄행랑하기 위해서
떨어지는 것도 모자라서
줄지어 동무까지 해주는

송충이 같은 땀방울들이
나를 미치게 한다

무너지는 돌부처

돌부처가 다 된 내공도
당신의 뜨거운 용암에
속절없이 녹아내릴 때
하늘이 무너지는 천둥소리

꿈인지 생시인지 눈떠보니
가슴 속으로 파고드는
그대 사랑의 손길로
그만 쓰러집니다

봄 봄 1

봄을 꼬옥 움켜쥐고
한 잎 한 잎 피는 모악산

밤새워 이슬에 젖으며
줄지어 내미는 얼굴에
차마 떼지 못하는 발길

모악산의 진달래

따사로운 햇볕의 애무에
우리네 고향 모악산에서
수줍게 피는 진달래는
그리운 내 임의 얼굴

속삭여주는 봄바람에
흐드러지게 활짝 피는
모악산 진달래의 유혹에
그만 쓰러집니다

미친 백세시대

정답이 없는 인생길을
눈곱 끼는 희미한 눈으로
골 아픈 기생충이 되어서
그냥 걸어갈 뿐이다

돌아서면 긴가민가하는
깜빡 깜빡이는 기억으로
관습적으로 배를 채우고
그냥 걸어갈 뿐이다

이제는 여기저기 망가져
삐거덕 삐거덕거리는 몸으로
신도림역에서 떠밀려 가듯이
그냥 걸어갈 뿐이다

노고단 2

모진 삭풍의 시련에
눈을 이불로 삼아서
깊은 잠에 빠진 노고단은
오늘도 이렇게 봄을 꿈꾼다

태곳적 적막한 눈보라 속에
가냘픈 목을 길게 빼고서
노고단의 꼬불 꼬부랑길을 따라
배낭 속에 봄을 가득 담아
찾아오는 임에 넘치는 기쁨

봄바람에는

거봐, 고목도 봄이 좋아
예쁜 꽃을 피웠잖아요
가는 세월에 쇠가죽처럼
두꺼워진 낯짝으로도
봄 향기에 웃은 것 좀 봐요
봄바람에는 나이도 없나 봐요

겨우내 차가운 바람에
꽁꽁 얼었던 맘까지
봄바람에 녹고 녹아내리니
너무나 좋아서 엉덩이 흔들며
마실 나가니 강산이 들썩들썩
봄바람에는 무엇인가 있나 봐요

어머니!

어릴 적 어머니의 모습만 봐도
언제나 어디서도
태산처럼 듬직한
나의 기둥이었던 어머니…

살아생전에는 오직 하나
자식들 걱정만 하다가
늙어버리신 어머니는
어느새 앙상한 뼈대로 남아…

삶이란 현실에 짓눌려
손발도 되어주지 못한
이 불효자식은
밤새워 통곡해도 모자랄 뿐…

꽃길

예쁜 꽃이 되어
봄바람 따라서
마실 나가는 발길

해마다 찾아오는 봄바람에
빨강 립스틱 짙게 바르고
설레는 고향의 나들잇길

밤의 연가

개구리들의 하모니에
깊어만 가는 밤하늘,
추억의 푸른 고향 하늘에
다정히 속삭여주는 은하수

너와 나,
논 속의 개구리 되어
함께 불러보는 봄의 연가에
오늘도,
이렇게 잠이 드는 은하수

가는 세월에

가는 세월에 나도 모르게
썩은 고목으로 남았지만
익숙한 마누라 손길처럼
구석구석 파고드는 봄바람이
그렇게 그렇게도 좋아서
맘 활짝 열고 피는 춘화여

이제는 검버섯 피는 얼굴이지만
아침이면 자동으로 눈이 떠지듯
해마다 찾아오는 봄바람에
저절로 피는 꽃이지만
이 세상에 미운 꽃이 없듯이
다 함께 손잡고 강산에 피는 꽃

홍시의 사랑

파란 가을 하늘 속으로
영혼까지 빨려 들어간다!
스치는 바람에 그윽한 냄새는
내 품속으로 파고드는 나상!

쬐끔 남아 있는 것마저
아낌없이 다 내어준다
나눔은 천하제일!
부끄러워 내 얼굴이
빨간 홍시가 되어가네…

민들레와 벌

동토도 녹이는 그윽한 햇살에
차가운 겨울의 바람도 잊고
깊은 잠에서 깨어나는 꽃과 벌

부끄러워 담장 아래 숨어서
피워내는 첫사랑의 순정은
정감 넘치는 우리네의 네 박자

고달픈 긴 겨울 길을 허덕이며
남몰래 피워내는 민들레와 벌은
뭘 좀 아는 돌산의 뜨거운 사랑

축복의 등산

오르는 길은 많아도
정상을 향한 맘은 하나

책갈피 깊이 끼워 넣고
한라산의 축복은 온누리에

도봉산에서

도봉산아,
너는 알겠지?
사람은 그 누구나
똑같은 맘이란 것을

마지막 잎새

소리 없이 가는 세월에
무성했던 잎새 다 털고
끝자락의 잎새로 남아
쓰라린 가슴으로 운다

화려했던 허상을 지우고
앙상한 나상으로 남아서
실바람에 혼자서 춤추며
눈물짓는 마지막 잎새

추억의 단풍

내 가슴 속에 떨어지는
가을의 낙엽은 추억으로
깊게 깊이 쌓여만 간다

바람에 허공을 휘날리며
떨어지는 낙엽인가 했는데
나의 눈물이 떨어지니

수채화

끝없이 파란 화폭에
그 누가 그렸을까

한 폭의 수채화에
익어만 가는 가을을

코스모스길

쌀쌀한 가을바람에
흔들흔들 춤을 추며
노래하는 코스모스길

코스모스의 손짓에
파란 하늘에 구름 가듯
흘러가는 가을의 냄새

끝자락에 서서

언제나 그랬듯이
무언의 역전의 용사들은
비가 오나 눈이 와도
오늘의 여명을 가방에 넣고
서둘러서 서울의 첫차로
제 갈 길로만 달려들 간다

정든 둥지에 도착하여
가방을 열어젖히면
오늘의 여명이 튀어나와
집집마다 문안 인사에
한강이 뜨겁게 흐르듯이
오늘의 서울이 시작된다

오는 봄

예쁜 아기 고사리손으로
봄을 움겨쥔 것 좀 봐요

아장아장 아기 걸음으로
내 임 오듯이 오는 봄이여

설중매

겨우내 죽은 듯이 엎드려
갈망했던 꽃 피는 봄에
아기처럼 피는 홍매화에
무심히 쌓여가는 설중매로

동구 밖 남녘의 봄맞이에
시누이 질투의 꽃샘추위에
웅크리고 떨어야 하는 당신
어디 꽃샘추위 없이
오는 봄이 있었던가?

홍매화 1

섬진강 따라오는 봄바람은
귀신처럼 눈치를 채고
살랑살랑 엉덩이 흔들며
피는 홍매화의 미소에
산사 수도승들의 속만
숯덩이처럼 새까맣게 탄다

지리산 자락 넘어온
따뜻한 봄바람의 애무에
옹기종기 이름표들 달고
춘향이 길 따라 얼굴 내미는
춘화의 향기에 벌들의 사랑가로
우리네 강산이 들썩들썩

동백

봄바람이 그렇게도 좋아
차가운 겨울도 잊고
꽃 피는 동백의 목마름

부끄럽게 얼굴을 내미는
동백의 청순한 미소에
애먼 돌부처만 미친다

본심으로

백담사의 정화수로
피가 나도록 몸을 닦아내고
가슴을 새까맣게 태워봐도
씻겨지지 않은 때여

생로병사를 다 겪어서야
털어낼 수 있는 것이
바로 탐진치貪瞋痴인데
난들 어찌 하오리

본심으로

눈치로 산다

세월 따라서
늘어난 눈치는
어느덧 7단이 되어
이제는
그냥 눈치로 산다

눈치 7단에
남은 것은
알게 모르게
고장 나는 것뿐

갈수록 팍팍해진 인심에
눈치로 살기도
버거운 세상인데
세월은 인생 7단도 속이더라

다— 그림의 떡이 되어!

공짜로 줘도 반갑지 않은
고장 난 기계가 되었지만
그래도 내일이 있으니
오늘도 여명을 열어야 한다

외로운 고목으로 남아서도
탐진치로 꽉 찬 인간들은
백세시대라며 넘쳐나니
산 호랑이보다 더 무섭다

아름다운 공생

그 많은 돌과 소나무들 중에서
삶이란 거친 여정의 길에서
인연도 없는 운명의 동반자가 되어
서로 의지하며 굳건히 공생하는
아름다운 지혜의 사랑에 박수를!

행여 바위가 굴러떨어질까
행여 소나무가 쓰러질까
서로 꼭 껴안고 지켜주는
감동의 바위와 소나무는
오늘도 말없이 온몸으로
이렇게 사랑하며 살라 외칩니다

용왕산의 봄

살랑살랑 부는 봄바람에
죽은 듯이 누워있던 용왕산도
엉덩이 들이밀며 피는 봄

아장아장 아가 걸음마처럼
그윽한 향기로 오는 봄에
부처 같은 용왕산만 미친다

노고단의 봄

무서운 코로나로 포도시 온 봄은
요로코롬
죽은 귀신도 깨우는 철쭉의 향기

봄바람에 노고단 겁나게 거시기한 게
기어이
춘향이 찾아서 마실 나가는 바래봉

도봉산

아무 꾸밈도 없는…
아무 대답도 없는…
아무 조건도 없는 도봉산

그냥 듬직한 황소처럼
고향의 뒷동산이 되어
언제나 그때 그 모습

할머니의 손주 사랑하듯
누구나 다 맞이해 주는
깊은 도봉산의 신선대는
오늘도
무거운 짐 다 내려놓고
바람처럼 왔다 가라 한다

4월의 축제

속삭여 주는 봄바람이
그렇게 그렇게도 좋아
고목도 꽃을 피워내는 봄

햇볕의 뜨거운 애무에
너도나도 널뛰듯이
강산에 피는 봄의 축제

용왕산의 겨울바람

두꺼운 방한복 속으로
익숙한 마누라 손처럼
구석구석 파고드는 바람에
혼이 다 빠지는 용왕산 길

걸음걸음에 핑 도는 눈물
매서운 삭풍의 눈물인가?
아니면
코로나로 변해버린 세상에
무력한 쓰라린 눈물인가?

겨울비

가는 게 세월뿐인데
뭐가 그리도 바쁜지
봄을 부르는 겨울비
겨우내 얼었던 내 맘도
녹고 녹아내린다

봄을 재촉하는 겨울비에
공포로 내몰았던 코로나와
겨우내 뒤집어쓴 때를
깨끗이 다 씻어내리니
용왕산은 맘까지 내어준다

여정에서

연습도 없는 여정의 길에서
탐진치의 언행들만큼은
발뒤꿈치 때로 온전히 남아
가는 길에 발목을 잡은 때

불같은 삼복더위의 태양에
새까맣게 가슴까지 태워봐도
태울 수 없는 발뒤꿈치의 때는
오늘도 쓰라린 상처로 남는다

가는 세월에 쌓이고 쌓인 때는
결국 두꺼운 낯짝으로 변하여
아예 부끄러워할 줄도 모르는
천덕꾸러기 인간으로 만드는 때여

태평양의 겨울 바다

선수 머리가
미친놈 널뛰듯이
하늘 높은 줄 모르고
고개 치켜세우고
태산 같은 너울을 따라
기를 쓰며 높게 올라간다

올라가다 가다
지쳐 꽝하고 떨어지며
차가운 겨울 바다에
머리를 처박고
바람에 게거품 토해내듯이
하이얀 물보라 세상

죽기는 싫었는지
태평양에 처박은 몸을
부르릉 몸부림치며
올라오는 모습이
저도 깨나 숨이 급했는지

이제는 괴성까지 내지른다

옆구리를 할퀴고 가는
파도밭에 뒹굴면서
매서운 겨울 바다의
물보라와 바람 소리에
지쳐 쓰러져 갑니다만
내일의 태양이 가슴에 있기에
기꺼이 황천을 항해한다

할미꽃

고향의 우리 할머니처럼
허리가 굽었다고 할미꽃
그 나이에도 여인인지라
다정히 속삭여 주는 봄바람에
시집가는 새색시가 되어
부끄러워 고개 숙이고
보일 듯 윙크하는 우리 할미꽃은
봄바람이 그렇게도 좋은가보다

꽃망울 1

봄바람의 손길에
너도나도
피어나는 꽃망울은
내 임의 18세

봄바람 따라오는 임에
부끄러운 입술의 꽃망울
긴 밤에 아침 이슬이 되어
기다림에 설레는 화심

나의 천사

봄의 정기를 두 손에 쥐고
방긋 웃은 천사의 모습에
온 누리가 꽃 피는 봄 봄

꽃바람 타고 온 천사
겨우내 메마른 이 가슴도
어느새
아기 따라 웃고 우는 나는 바보

꽃샘추위

먼 길 찾아오시는 임을 위해
전령사 되어 피워내는 꽃
향기 띄워 온 누리에 소식 전하네

올케 시샘하듯이 뿌린 하얀 눈
꽃샘추위에 떠는 너를 못 잊어
잠 못 이루는 긴긴밤이여

봄을 타고

봄바람 돌담길 돌아가니
그윽한 고향의 향기로
기다리는 천사의 미소

동무들아, 어서 와! 구례로
함께 웃으며 푸른 하늘을 날자
온 누리를 스치는 봄바람을 타고

봄을 타고

광양의 꽃바람

꽃송이 온 누리에 내리네
밤새워 하얀 꽃을
광양의 따뜻한 봄바람이
그렇게도 좋은지

겨우내 굳게 닫았던 매화도
돌담길 따라오는 임이
그렇게도 좋은지
가슴에 꽃비를 뿌리네

광양의 매화 축제

따뜻한 강촌의 바람에 피는 꽃은
내 손주가 방긋 웃은 천사의 미소!
순수한 맘으로 바라보는 눈동자로
어머니는 백년의 정이 들어
가슴에 품고 평생을 살아간다

따뜻한 봄 바람에 피는 꽃은
고사리 같은 내 손주의 예쁜 손
귀여운 손가락마다 꽃봉오리 되어
봄의 꽃 피워서 띄워 보내는 향기는
가슴으로 파고드는 못 잊을 추억

산수유

말 못 하는 갓난아이도
등을 긁어주면 좋다 하듯이
먼 길 찾아온 임들의 환호에
엉덩이 들이밀며 피는 산수유

고사리 같은 손가락마다
꽃봉오리 터지는 아우성
"봄아, 어서 와라"
가슴에 피는 구례의 산수유

복수초

환희의 봄을 못 잊어
연약한 맨발로 달려와서
피워내는 너의 모습에
내 맘도 봄이 되어 날다

환희의 봄이 그리워서
타는 목마름으로
하얀 잔설을 녹여
피워내는 복수초여

신선대

높디높아 신선이 된 신선대
언제나 대답 없이 지켜볼 뿐
힘겨운 삶에 속 터져 가는데도
예수나 부처처럼 대답도 없이
언제나 네 맘대로 살라 한다

도봉산 휘몰아 가는 비바람에
띄워 보내는 역동적인 발자취
내일을 위해 기도하는 바람에
닳아버린 무릎의 연골로 남아
이제 추억으로 가버린 나날들

봄 봄 2

회색빛 구름 이불을 덮고
잠들었던 겨울의 대지도
스쳐 가는 봄바람의 미소에
풀잎 되어 설레는 봄

겨우내 애태우던 꽃봉오리
내 임의 따스한 손길에
겨우내 시린 가슴을 열고
향기 띄워 보내는 그대여

눈송이

하이얀 눈 속에 산타가 되어
송이마다 깊어만 가는 12월
추억으로 남은 달콤한 솜사탕

계절의 끝자락에 깊어가는 겨울
가는 세월에 빨갛게 타는 가슴도
함박눈에 꽃 피는 봄날이 오네

나를 속인 2018년을 묻어버린다

함박눈에 수줍은 앵두 같은 입술에
세월의 이삭을 줍는 환희의 속삭임
추억으로 남아 그리운 얼굴

가슴에 그려보는 그대여

세월의 이삭을 줍네
지난날 생각을 말아요
오늘의 함박눈이 가슴에 내려요

함박눈에 꽃 피는 봄날이 오네
긴긴밤의 만남에 환희의 입맞춤
하이얀 발자욱으로 남은 쓰린 추억을
함박눈에 다 지워버린다

바람에 잠든 내 가슴에
쌓여만 가는 하이얀 함박눈
사무치는 쓰린 추억으로
묻어버리는 2018년이여

나를 속인 2018년을 묻어버리는
함박눈 쫓아가다 날을 샌다
첫눈에 느껴본 사랑은 추억으로
지난 세월에 쓰린 가슴을
하이얀 눈으로 덮고 가네
수줍은 앵두 같은 입술에 그 하얀 눈은…

동심의 천사들

세월에 내몰려 잊어버린 동심
배고픔도 칼바람도 잊어버리고
계절 따라 철없이 뛰놀았던
고향 하늘 아래 그때 그 시절

온 누리에 축복의 하이얀 눈 속
어두웠던 지난날들 다 묻어버리고
온 누리에 내리는 축복의 하얀 눈
내일의 행복 가득 싣고 달리는 마차

나그네 2

첫눈에 쌓이는 정에
웃고 울어야 하는 나그네
하이얀 눈 속에 또 다른 내가 있네

소리 없이 애태우는 첫눈처럼
사랑 이후에 남은 건 눈물인데
그래도 찾아가는 그대이기에
또 다른 내가 있어 쓰린 맘이여

커다란 그대의 가슴에 얼굴을 묻고
죽어도 여한이 없는 오늘은
끝없이 날아오르고 싶은 맘은
그리움으로 쌓이는 자화상

계절을 잊은 개나리

무심한 세월에 잊었던 그대
계절도 잊고 피워내는 열정
칼바람의 동장군도 비켜 가
눈 속의 사랑은 깊어만 가네

개나리에 쌓이는 함박눈에
어느덧 고운 정 미운 정 다 들어
바람 따라가야 하는 나그네는
가슴 설레는 새해의 2019년

삶의 여정 길에

손수레에 무거운 삶을 다 싣고
속절없이 내리는 함박눈 속
너와 나의 사랑은 쌓여가네

천근이 된 외투의 버거운 삶에도
언제나 부족하여 힘겨운 나를 위해
하이얀 눈처럼 채워주던 그대여

눈송이의 사랑

온 누리에 내리는 꽃송이
굽이굽이 모악산 가는 길
첫사랑의 달콤한 꿈을 위해
축복의 하이얀 눈이 내리네

눈송이에 쌓이는 사랑
따뜻한 그대의 손 잡고
오늘은 한없이 거닐고 싶은
눈 내리는 모악산의 오솔길

백운대 그 사람

흘러가는 한강처럼 떠가는 세월
오늘은 아무도 없는 쓸쓸한 백운대
기다리는 그대 아직도 오지를 않네
인수봉암문 지나 용암문으로 가는데
그대는 오지 않고
내리는 눈송이에 망설여지는 발길
잘난 사람 못난 사람도 오르는
멋진 백운대가 아니었더냐?
언제나 쓰린 가슴을 감싸주시던
잊지 못할 어머니 품!
오늘도 삭풍에 태극기 흔들며
허공에 외치는 소리에 타는 가슴

홍시

곶감 빼먹듯이 가버린 세월은
12월의 달력처럼 달랑 매달린 홍시
밤새워 추위에 떨며 잠 못 이룬 새
아침밥을 달콤한 홍시로 채우고
무언의 베풂에 행복이 넘치는 아침

긴 장마에 미꾸라지 빠져나가듯이
어느새 아쉬움으로 남은 12월
보름달에 휘날리며 속삭이는 눈송이
밤새워 쓰린 가슴으로 헤매던 새
빨간 홍시로 사랑의 배를 채운다

하이얀 첫눈

하이얀 첫눈이 송이송이 내리네
세월에 쌓여가는 하이얀 눈 위를
오늘은 둘이 사랑의 축복으로 손을 잡고
한없이 거닐고 싶은 첫눈

무수히 쏟아지는 눈송이로
얼룩진 추억들은 다 묻어버리고
오늘은
송이송이 정겹게 다가와서 속삭이는
잊지 못할 그대처럼
따스한 첫눈이여

가는 세월에 누이들

내 누이의 고왔던 얼굴도
가는 세월에는 어쩔 수 없어
예쁜 단풍으로 주름진 얼굴

가는 세월에 아픈 상처들도
아름다운 추억으로 남으니
이제야 삶이란 이름표로
가슴에 품어보는 내 누이들

낙엽

소리 없이 스쳐 가는 바람에
떨어지는 낙엽인가 했는데
눈 앞을 가리는 눈물이네

떨어지는 단풍에 허전한 맘은
100세 시대란 아집으로 남아
천하의 천덕꾸러기가 되는 것이
우리 삶의 의미인가

불타는 낙엽

어메, 불타는 낙엽 좀 보랑께
여름 내내 무더위에
그렇게 전신을 애태우더니
스쳐가는 찬 바람에
북한산이 여기저기 불타네

어메, 불타는 낙엽 좀 보랑께
소리 없이 가는 세월 속에
밤새워 그려내는 빨강 단풍은
너무나 부끄러워 홍당무 되어
차마 얼굴도 들지 못하는
열아홉 살의 내 임의 모습

연등제

누가 뭐라 해도
신명 나는 우리 것이
너무나 좋은걸,
풍악에 절로 흔들리는 어깨춤
얼~ 쑤! 얼쑤! 얼~ 쑤~

어깨를 흔들며
허공에 외쳐라
가슴에 불 밝히고
하늘 끝까지 훨훨 날자
축제의 연등제를 위하여

세월의 길

어릴 때는 천사이더니
가는 세월의 때가 묻어
이제는
죽지 않은 귀신으로 남아
천하의 천덕꾸러기가 된 내가 아닌가?

아직도 허공에 삶의 탈을 쓰고
이제는 백세시대라는 말로
모든 것을
묻고 보상받기를 바라니
욕심 많은 내가 아닌가

삼복더위

해 뜨면 뜨거운 찜통
해 지면 무더운 열대야
눈 뜨면 맥없는 파김치

가마솥 같은 폭염에
지구가 녹고 녹아
들끓는 아우성으로
개발이란 예쁜 이름으로

붉은 장미

붉게 피워내는
내 임의 미소에
한 마리의 나비가 되어
그대 가슴에 앉으리

내 임의 유혹에
푸른 하늘에 흰 구름도
담 너머로 훔쳐보며
가는 세월도 잊는다

우리네 백운데

백운대를 가슴 아프게 붙들고
흘려야만 하는 사나이의 눈물
무정한 백운대가 알겠는가?
나를 속인 잔인한 세월

백운대의 푸른 하늘 아래서
그려지는 그대의 모습에
이제는 아쉬운 한 잔의 술로
넘겨야만 하는 추억의 백운대

북한산 산행

걸음걸음에 쌓이는 봄을
가슴에 새기는 북한산
휘날리는 송홧가루에
잊지 못할 내 임의 향기

꽃 피는 봄나들이의 북한산
봄의 축복 속에 묻어버리고
정상에서 활짝 피워내는
무심의 봄이 그저 죽여줍니다

북한산 산행

11년 만의 봄

봄바람이 예년 같지 않게
온 고을에 그렇게 불더니
따뜻한 봄바람 따라서
북으로 간 봄의 내음으로
삼천리가 꽃 피는 동산

봄바람이 예년 같지 않게
온 고을에 그렇게 불더니
차가운 금수강산도 봄이 되어
남북한 화해의 악수에
팔도가 메이는 가슴인걸

춘사월에 미친년들

시상에
겨우내 애달프게 매달리던 설화에는
꿈쩍 않고 버텨온 홍매화년도
귓가에 속삭이는 봄바람에는
시상에 그 나이에도
부끄럽다고 남몰래 어두운 밤에
들판에서도 피워내는 것 좀 보랑께
옆동네 총각들도 꼬시려고
그윽한 향기까지 띄워보낸 게
너도나도 덩달아서
그 무서운 봄바람 났네
온갖 것들 들이미는 엉덩이로
온 시상이 들썩들썩해 버린 게
잠 못 자는 춘사월의 소쩍새도
새까맣게 탄 숯덩이 되어부러
밤새워 연가만 부른당게

시방
싸게들 와서 바람 난 년들

구경들 하시랑게요
얼마나 봄바람이 좋았으면
속까지 요로코롬 빨갛게 태운당가!
늦게 배운 도둑질 날 새는 줄 모른다고
황홀한 유혹의 수렁에 빠져부러
봄 하늘도 쑤실 듯이 쭉쭉 자라는
고사리 같은 자식들은 어찌하라고
이 바쁜 농사철에도 손 놓아 버리고
맨날 들로 산으로 능수버들 같은
미친년들 찾아댕기고 있으니
이 일을 시상에 어찌한당가

봄의 의상봉

너도나도 꽃치마 두르고
맞이하는 의상봉 진달래
봄바람에 휘날리는 꽃잎 속에
찰랑찰랑 보이는 속치마에
어느덧
무거운 짐 다 내려놓고
잊어버렸던 콧노래
의상봉에 봄나들이

파고드는 춘향아

뼛속까지 파고드는 봄바람
그대의 그윽한 향기는
깊게 잠든 귀신들도
일으켜 세우는 봄의 향기

흐르는 봄의 물소리에
찾아오는 임의 목소리
설레는 가슴은
가는 세월도 잊은 봄날

불타는 동백이여

그대의 불타는 맘을
그 누가 알겠나요
차가운 전설을 열정으로 녹여
밤새워 피워낸 동백의 순정을

그대의 뜨거운 속삭임에
어느덧 빠져드는 내 맘은
아름다운 동백이 되어
가슴에 그려보는
그대의 예쁜 모습이여

아름다운 공생

좋을 때도 서로 그늘로 덮어주고
어려울 때는 서로 꼭 붙들어줘서
나락의 수렁에 빠지지 않게 한다
서로 이물질이듯 사상이 달라도
남북이 이렇게 배려하며 공생하면
너무나 멋지게 아름다운 세상

가는 길에 탐진치에 빠지면
바위는 굴러떨어져 깨지고
나무는 쓰러져 말라 죽으니
부디, 인간들도 자신들처럼
통일을 위하여 이렇게 살라고
말없이 오늘도 몸으로 보여줍니다

사랑이 되어

무겁고 쓰라린 삶의 상처로
어느덧
망가져 버린 몸과 맘은
끝없이 몰아치는 삭풍 앞에
홀로 흔들리는 등불

노고단 길을 움켜쥐고
천근보다 더 무거운
걸음걸음에 통곡하며
30년 허깨비 같은 탈을
구름에 훨훨 띄워 보낸다

새까맣게 잊어버린 본능
소중한 생명의 배고픔에
"나 배고파요" 하며
어느덧 한 나상이 되어
노고단과 함께 웃는 당신이
바로 천사의 미소

여정의 길에 깊어진
주름살의 길목에서
천사의 존재를 알게 해준 당신이
고마움과 감사, 희열의 눈물인데
내 어찌 무슨 말이 더 필요하겠어요!

인도양을 항해하면서

끝도 없이 밀려오는 인도양의 너울에
용을 쓰고 기대고 버티다가 버티다가
끝내 의자와 함께 밀려가 넘어지고만
인간의 한계와 무력함보다
아이구, 37도나 되는 몸부림에
생동감 넘치는 외줄 타는 곡예사처럼 높게 쌓아놓은
선창의 화물들이나 잘 견디어 냈지
앞서는 격정!

끝도 없이 밀려오는 인도양의 큰 너울에
이 육신은 이제 지치고 지쳐
산송장이 따로 있는 것이 아니라
내가 송장이 되어 쓰러지는 침대 위
파도가 한입에 삼켜버리겠다고
그 큰 입에 하이얀 이빨을 들이밀며
날마다 나의 옆구리를 할퀴며 흔들 때마다
나도 모르게 알 수 없는 신음을 토해내면서
아픔에 몸부림치다가 지쳐서
이미 산송장이 된 지 오래라

산송장을 어찌하겠는가?
어차피 한 치 앞도 모르는 인생길을 뒹굴며 가는 길도
이 무심한 세월 속에 모든 것이 있듯이
그래도 가야만 하는 항해 길에
이역만리의 너울 속에서도
고향 하늘을 베개 삼아 뒹굴다 뒹굴다 잠을 이룬다

보름 동안 끝없이 밀려오는 인도양의 큰 너울에
이제 더 이상 견뎌낼 것이
아쉽게도 아무것도 없다
식탁 위 일용할 양식들이
낭떠러지에서 떨어지듯 떨어져
식당 바닥이 좁다는 듯이
서로 뒤엉켜 나뒹굴어도
제발 화물창의 화물만이라도
안녕들 해야 할 텐데 하고
화물부터 걱정하는 순수한 선원들을
이제는 아무도 모른다는 것이
이 큰 너울만큼이나 가슴 아프게 한다!

봄의 개나리

봄의 노란 개나리가 되어
발길을 붙잡은 여인아
차가운 이슬 머금고
부끄러워 고개 숙이고
오시는 임을 위해 기꺼이
향기 띄워 기다리는 임아

긴 겨울의 끝자락에 서서
아직은 애처로운 꽃봉오리들
깊은 잠에서 깨어난 벌 나비
환희의 봄에 빠져드는 모습에
정처 없는 나그네도 멈추고
그대의 예쁜 모습 가슴에 그린다

홍매화 2

속삭여 주는 봄바람이
그렇게도 좋아서
엉덩이 들이밀며
꽃 피는 홍매화

뼛속까지 파고드는
그윽한 봄의 향기에
죽은 귀신도 흥겨워
춤추는 봄의 네 박자

눈 위에 누워

하얀 눈 위에 누워
꿈꾸는 파란 하늘에
그려보는 내 고향의
어린 시절의 그 언덕

끝없는 고달픈 인생길
소리 내어 울지 못하고
하얀 눈송이 가슴 안고
누워버린 내 고향의 꿈

영취산의 진달래 4

속삭여주는 봄바람이
그렇게도 좋아
활짝 피는
영취산의 진달래

흥국사 깊은 종소리에
밤새워 피는 재미에
날 새는 줄도 모르는
영취산의 진달래

봄 하늘도 이리 와서
함께 놀자며
붉게 피워 유혹하는
영취산의 진달래

꽃망울 2

삭풍의 먼 길 걸어와서
고사리손으로 꼭 쥐고
우리네 가슴에 피는 봄

끝없는 푸른 하늘에서
내일을 꿈꾸는 꽃망울은
텅 빈 가슴에 채워지는 봄

깊어만 가는 겨울

깊은 동지섯달에
익어가는 냄새는
죽은 귀신도 숟가락 들고 온다

쌓여가는 눈 속에
깊어만 가는 맛은
시집간 딸도 장독 뒤지는 도둑!

장독마다 우리네 사연을
가득 담은 조상의 얼에
살아 숨 쉬는 어머니의 사랑

가을의 만찬

천년을 살듯이 무성했던 신록도
알게 모르게 가는 세월에
춤추는 화려한 가을의 만찬

찬바람에 허전한 가슴 속에
단풍으로 채워지는 추억은
해마다 이렇게 쌓여만 가네

불타는 만추 2

내 가슴까지 불 태우는
지리산 가을의 단풍에
가는 세월마저 잊는다

그 누가 그려놓았는가?
경이로운 오색의 가을에
파란 하늘 아래 그대의 미소를

월출산

가을바람에 휘날리는
천황사의 예쁜 낙엽으로
쌓여만 가는 나날들

월출산 구름다리 건너서
천황봉과 마음을 잇고 보니
무거운 짐 다 내려놓고
파란 가을 하늘로 오르라 한다

가을의 유혹

찬바람에 휑한 가슴 속으로
파고드는 가을의 손길에
오늘도 이렇게 잠이 든다

넘치는 감정으로 정든 단풍은
아름다운 낙엽인가 했는데
어느덧 그리운 그대의 얼굴

뜨거운 정령치

시나브로 정령치를 넘어가렴
가슴 속에 두고두고 볼란다
정감 넘치는 정령치의 화랑을

바람 속으로 걸어가는 세월에
정령치의 가을을 가슴에 두면
떨어지는 낙엽에 눈물난다

황혼의 낙엽

가슴 속에 추억으로 묻고
무정하게 떠나버린 낙엽

이렇게 빨리 가는 길이라면
차라리 멀리 두고 볼 것을!

황혼의 낙엽

봄의 소리

길어지는 햇빛의 애무에
겨우내 꽁꽁 얼었던 맘도
녹고 녹아서 흘러가는
물소리는 긴 잠을 깨운다

스치는 봄바람의 속삭임에
동장군도 무너져 내려
정겨운 대곡리의 계곡에
흐르는 물소리로 오는 봄

방랑시집

서성조 지음

발행처	도서출판 **청어**
발행인	이영철
영업	이동호
홍보	천성래
기획	육재섭
편집	이설빈
디자인	이수빈 ｜ 구유림
인쇄	정우인쇄

등록　1999년 5월 3일
　　　(제321-3210000251001999000063호)

1판 1쇄 발행　2026년 3월 10일

주소　서울특별시 서초구 남부순환로 364길 8-15 동일빌딩 2층
대표전화　02-586-0477
팩시밀리　0303-0942-0478
홈페이지　www.chungeobook.com
E-mail　ppi20@hanmail.net

ISBN　979-11-6855-434-4(03810)